孤悲故に恋う

杉並けやき出版

目次

おばこ草

校門を出ると、まりは家に急いだ。

「明日みんなでおばこ草のすもうごっこをしましょう。みなさんお家の周りに生えているおばこ草を持ってきてください。丈夫そうなのが見つかるといいですね。今日の宿題はそれだけです」

「わーい」みんな一斉に歓声をあげた。

ランドセルを背負うと福井君がやってきた。

「学校から帰ったら、捜しにゆこう」と言った。

それで、道の小石を跳ね上げるように戻った。自転車に乗り換えた福井君のほうが、もう、まりの家の前に着いていた。

まりはただいまと言うと、母に先生に言われたことを伝えた。

「福井君とおばこさがしに行ってもいい?」

まりの母は、「おばこなら裏庭にあるから、横手から入って取ればいい」


玄関の横に家の中を通らないで裏庭に行ける通路があった。

二人で裏庭にはいると、福井君は目ざとくおばこを見つけた。

用意してきた小刀を取り出すと根元のほうから切り取っては、まりに持たせた。
四、五本取って、強いか試してみることにした。
つまり、おばこのすもうとは、おばこの茎を交差させ、夫々が引き合って、早く切れた方が負けとなるゲームだった。

裏庭のおばこは、長さはあって交差させやすかったけれど、あっけなく切れてしまった。

どっかの道端で陽ががんがん当たる場所に行って、もっと探すことにした。


その時まりの母が縁側から二人を呼んだ。

まりは、お習字の日なのでまた後から遊びに来るか、それともここで待っているかと、福井君に尋ねた。

まりは今日のおけいこを全く忘れていた。

黙って福井君を見た。

「急いでもどって来るし」

待っていてとは言えなかった。

立って自転車をこぎ、また戻って来た。

家の前にも裏庭の縁側にも福井君はいなかった。

よもぎ摘み

春の気配も進み、青草に蓬の香も混じる頃、祖母は私を連れて町はずれの土手にゆくのです。

白山山系から流れ出した小さい川ながら川沿いに桜並木を配し、町中をひとしくうるおし、やがて日本海に注ぐ川の土手でした。

ゆるい土手の傾斜に生えた蓬は、人々に踏まれない分、やわらかく蓬餅にするとおいしかった。

祖母は根元近く、産毛で白っぽく見えるところを摘み取り、私にもそのようにと促します。

右手の平に握りきれなくなると、束ねた蓬を草の上に横たえ、土手を移動します。私は祖母を真似て小さい蓬の束を祖母の束に並べ、祖母の周りをうろつきます。ひとしきり摘むと、並んで草の上に座り、水筒のお茶を代わり番こに飲むのです。すると動いている時は感じなかった川風が頬に吹くのでした。

祖母は水筒の蓋の水気を切って、ゆっくり蓋を閉め終えると、対岸遠くを指差し、

「ほれ、まなや、あそこに見えるのがさんまいや」と。

「なに、どこ」

対岸の拡がりのずうっと向こう、ぽこぽこ茶碗を伏せたような小山がならんでいる辺りを指差しました。

もうどこもかしこも、蓬の茎のような、うすみどりに被われ、春の陽に輝いています。

「ほれ、あの一番端にさんまいがあるんや」

「さんまいって」

「さんまいって、死んだ人を焼くとこや。おまえが知らんのも無理はない。おまえはまだまだ。うらはもうすぐや」

「あの山」

と、くりかえしてみたものの
私には陽射しはまぶしく山々は春霞の向こうに、ただただ眠たげに見えるばかりでした。

祖母は私が生まれるかなり前に未亡人になっていました。

そして、私が生まれてすぐ弟が生まれたので、ごく自然に、私はばあちゃん子になっていました。

夜も昼も一緒。

夜の本の読み聞かせは、講談本やお伽草子からの思い出し語りでした。

子供向けであろうと無かろうと
朝早く仕事に忙しい娘夫婦のための家事分担で、
自分も疲れきっている祖母の頭に浮かんだ順になっていました。

度々、孫より祖母が眠り込んでしまう夜もありました。

祖母が先に寝入った後、私がひとり闇に眼を開いているなんて気づかれなかった。

障子の桟もくっきり浮かぶ夜ふけ

祖母の手枕から抜け
月を仰ぎながら野犬の遠吠えを聞いているなんて、
父母は更に知る由もなかった。

どこにいるの　私は　幾年も幾年も待っているのに
幾千年も　待っているのに　どこにいるの………

それは、夜の夢の中で聞いた声ではなかった。
祖母の傍らで遊んでいる時、白昼に確かに聞こえた。
だれも見なかった。
また誰にも聞こえはしなかった。
まなにだけ鮮烈だった。

そしてなぜか、ふと、毎月買ってもらっている様々な雑誌が、
来月も再び確実に読めるとは限らないと実感していた。
いつも普通に学校に通っている小学二年生だった。

まなはいきなり祖母の膝に突っ伏し、

「おばあちゃん死なんといて、ずうぅっと」

と言い続けた。

「お前は良い子だ。泣かんでいい」

と繰り返し、まなの頭を撫でた。

まなは身を起こした。

なぜかつらにくいと感じた。

北極点

小学三年生の一学期半ば頃入院した。
視力と体力が減り微熱が続いたからとか。

そこで俄然母が現れた。
偏食がひどかった。
祖母は私の嫌うものは決して勧めなかった。
母は、おっかちゃんに任せておけん、と宣言した。
入院中は菓子箱にもみ殻を敷き詰め込まれた卵を
毎日トガッタ方のカラを少し取り、生のまま飲むように見張られた。

価格の優等食品と後にいわれたけれど、当時は一個十五円で、高かった。

当時まだ肺結核に罹る人がいたので隔離病棟があった。


あそこに入れられたらお仕舞だ。

世間体も悪くなると言われていたそうだ。

母は隔離病棟ではないとしきりに言ったとは、知らなかったが、なぜか見舞に来る人来る人、籾殻を敷いた菓子箱に生卵を詰めてやって来た。


入院中は、ベッドの近くに置かれた一畳のタタミにしんみり座った祖母といた。

前や隣部屋の子供たちと戸袋などでかくれんぼなどしてふざけていると祖母には、看護婦さんが来る、母が来るとか言って、脅かされた。

子供たちの両親は皆いそがしかったので、
祖母は入院中の子供たちの見張り役を頼まれていたらしい。

一日何度も検温され、食事は味気なかった。

毎週金曜日だけはパン食だった。

スープと果物が出た。

フルーツポンチや蜜豆があったりで、母もハイカラやねと感心していた。

担任の林先生は放課後度々来て下さり、教科書の進度を示され、級別テストも受けさせてくださった。


二ヶ月で退院した。

それからまたまた大変だった。

家に遊びに来る級友から近所の子供たち、弟の友達まで体温を測られた。

食生活が変わった。

ニンジンは葉っぱのジュース、八ツ目鰻を取り寄せ、
それは、浅草からわざわざ取り寄せたのだと、苦労と効能を説明されたが、後でこの鰻は円口類と言って、目が多くあるわけでなくエラ穴だと知った。

ニセ鰻は旨くなかった。

五センチに切りそろえ焼いた後飴だきして、その固くて渋いのを一日二切れ食べるように言われた。

それは弟が母のいない間に食べてくれた。

それより絶対食べたくないのはレバーだった。

なんとかたべさせようと試された。

すりおろした玉ねぎに漬け込み、油でいためし、そぼろ卵をかけたりしてあった。

私以外は好評だった。

砂糖醤油の甘辛い煮物より、ケチャップやマヨネーズなど使った料理にカレーやシチューなども出だした。

それでも、偏食もなかなかなおらず食欲もふえなかった。


母の管理は心身に及び、いつか読んだ南極探検スコット隊の悲劇まで追体験できるまでになってきた。

つまり未知を目指して苦闘しても、ついにたどり着いた目的地（極点）にはもうすでに完遂者の旗がはためいていた。あの悲劇であった。

梅干干し

あの頃どこの家でも、梅干を漬けていた。

梅雨が空け土用が近づくと梅干に欠かせない土用干が始まる。

裏庭に畳二枚分の大きさで高さ一メートル程の木枠を持ち出し、その上にすのこを広げ、常滑の壷から梅酢を切って梅を一粒づつならべ固く絞った紫蘇も乗せていった。

土用の強い陽射しに日中当て、夜は壷に戻す。

そんな作業を数日繰り返した。

手は良く洗い満遍なく陽射しを当てるため結構気の張る作業だった。

まなは、だれもいない裏庭に出て干された梅干を眺めていた。

辺り中に梅干の香りがただよっていた。
なぜかその時「私がいる」と思った。
わたし？

梅を干す　空気に醒めて　泣き初めぬ
遠い幼女の日に立ち尽くす

風が吹いてくる
そうして　幼女期の謎秘めた啓示が　夢のうちに解かれる時

運命の雷光に脳髄は刺し貫かれ
深い深い別の世界が
その時々の今を覆ってしまう

すると人は昼の目覚めを
夜の目覚めにすり替えられる

昼は夜となり夜は対話を迫りくる

闇は魂を浮き立たせ
その世界を無限に拡げ
時世を越えて遥かなる

遥かなる生まれい出ざりし日々と
死せし後の日々を行き交う
ほの蒼い径を光らせる

この径を辿り行くとき人は一人なり
玲瓏の月の光の注がれた　白砂の上に
やがて消え行く苦悩の軌跡を　引きずり
辿り行く時　人は唯一人なり

入学記念写真

中学生になって二階に部屋が与えられた。

居間の戸袋の中に雑然と入っていた写真は持って上がることになった。

母は弟たちと感慨深げに分別して、箱に入れて渡してくれた。

私は新しく個別の部屋が持てることで夢中になっていた。

数日経って、箱のふたからはみ出してこぼれそうな写真をかたずけなければと立ち上がった。

あれ、これは小学校に入学記念に近くの写真館で写された写真だった。
私の記憶では、レンガ色のビロードのワンピースを着せられ、
表面が滑らかでない皮靴を履き、ランドセルを背負って、立っていた。

戦後十年も経たない頃、
しかも事業に失敗した親戚の借金まで背負わされた家庭で準備された
精いっぱいの晴れ姿だと言えた。
そこまで記憶は合っていた。

その写真には、
向かって左側に窓があり、上下に開閉する窓は開けられ、
風が吹き、カーテンがかすかに揺れているはずだった。
しかしそこには窓は無く、たとえあったにしても
写真士は窓を閉め暗幕をおろしたにちがいなかった。
窓は無かった。
私はバック用の幕の前で飾り椅子の横に立っていた。
写真には、明るい光もそよ吹く風を伝える物などありはしなかった。

土手の夢

まなは何度か同じ夢を見た
川の土手のなだらかな斜面の途中に腰かけ
両手を膝の上で交差させ、物思いにふけっていた

それは着物を着た男性であるのに
まなはその男が自分であると思っていた

その男は何かを眺めているような眼差しはしているものの
川面も対岸も眺めている風はなかった
流れに眼差しを浮かべてしまったのか
眼差しにながれをよび込んでしまったのか知らない

川面を渡る風も季節の光も更に素通りしていた

けれど、遠い眼差しであることは伝えられた
そして激しい水音と共に、目覚める……

春の雪

有田宏紀と渡邊真知子は中学一年の時からの級友だった。
なぜかその頃、男女別に並ぶ時、
男子はア行から女子はワ行から並ばされた。
有田と渡邊はいつも先頭に並んだ。

二人は家も近く、下校も相前後しての行き帰りだった。
写生大会まで揃って教室の後ろに張り出された。
宏紀も真知子も目立った生徒ではなかったけれど、皆と一緒に騒ぐこともなく、
どこかまだ子供なりにプライドをもっている風であった。
宏紀はカバンにスケッチブックを忍ばせ、

真知子は詩を書き記す小型のノートを持っていた。

一クラス五十三名、一学年十三クラスのベビーブーマ世代で中学時代を終えた。

そして再び、同じ高校に入学した。

真知子が宏紀を意識しだしたのはいつ頃か分からない。


ある日いつものように下校途中、何かの用事が有ったのか、真知子の父は
「お、真知子、今帰るのか？」

と笑顔で声をかけてきた。真知子は気づかない振りをして、しかも足早に角を曲って家に駆け込んでいた。

夕食の時、父は笑いながら、

「真知子はあんな薄情者だったかな？　真知子と呼んだのに返事もせんと、行ってしもうた」

真知子は父が好きだったから自分でも思いがけなかった。

父にはひどく悪びれた気でうなだれていた。

あの時、後ろから宏紀が友達と歩いてきていたはずだった。

だからと言って駆け出す事はなかった。

それだけだった。


高校二年になった時コース変更になる。
A、B、Cコース。Aは就職コース、Bは私学でCは国立理系だった。
A以外は成績で振り分けられてしまった。


都会の私大は出せない。

数学が苦手の真知子はBコースを望んだが、Cコースで頑張る様に、と母は言った。

真知子は、そうか、詩人には学校は要らないとヘルマンヘッセは言っていたなと内心でつぶやいた。


二年生になった時Cコース棟に有田の姿はなかった。

かなり経って、級友に問うた。

「あれ、真知子知らなかったの？　有田君美大志望だから、実技指導にも通わなければならないからBコースにしたんだって」

と聞かされた。

真知子は自分は何にも知らないと悲しくなった。

真知子は漢文の教科書に載っていた崔護の恋を夢見ていた。


清明節のある日、崔護は春風に誘われ郊外に散歩に出かけた。歩き疲れ喉も渇いた。ふと目に入った素朴なたたずまいの家に、

「春を楽しみここまできましたが喉が渇き、突然で申し訳ありませんが、水を一杯頂けませんか？」

と声をかけた。

すると内から娘さんが出てきた。柄杓に水をなみなみと汲み黙って彼に差し出した。崔護は礼を言って受け取り飲み始めた。

娘さんは黙って軒先の桃の木に依っていた。柄杓を受け取るつもりらしい。

崔護は水を飲み干し礼を言って柄杓を返し戻って行った。

それからしばらくして、郊外に用事があった。

それであの時水をくれた娘さんを思い出した。

するとその姿が春風に湧き上がったように思われ立ち寄ってみたくなった。

その家に近づくと、中で泣き叫ぶ声がした。

どうしたのかと、たまらず声をかけた。

出てきたのは、かの娘さんではなかった。その家の主だった。

「以前清明節の日に水を頂いた者ですが一体どうなさったのですか」

と問うた。すると、

「おまえは私の大切な娘を死なせてしまった」

と泣き続けた。

なぜならその日以来娘は何も口にしなくなり、ぼんやり外を眺め吐息をつくばかりでとうとう息絶えてしまった。

崔護は急いで寝かされている娘さんのところに駆け寄り、

「私はここにいますよ、私はここに」

と手を取り繰り返すと娘さんはうっすら瞳を開け正気づいてきた。

勿論娘さんの両親も喜び、二人はしあわせにくらした。
との短編でした。

真知子はそのドラマに酔っていた。
高校二年になって有田君が目の前から日常的に消えてしまった時、その柄杓を捧げもって黙って崔護をうち眺めていたその娘さんと自分をかさねてしまっていた。
有田君とは水一杯のやり取りもなかった真知子なのに、また黙ったまま衰弱していった娘さんとも異なっていたのに
真知子は生まれて初めて手紙をつまり、ラブレターを書こうと決心した。

有田君から返事が来た。
完璧な片思いだった。
有田君は同じクラスのＹＴさんが好きだと書かれていた。
分厚い本や紙の束を抱えて
渡り廊下（図書館への行き帰り）に目をやった時

見かける真知子は、暗く鮮度が無い人としか思えない。

と書かれていた。


ラブレターは案外スラスラ書けた。

出すことに意味があったみたいで返事が来た事に驚いた。

きちんとそろった字体で書かれていた。

読み返しながら夜中まで泣き続けてまぶたがはれているのに気付いた。

タオルを固く絞って何度も朝まで冷やし続けた。

そして有田君は人としての誠意ある人間だと思った。

タオルはかたく絞り直せたけれど手紙はぶよぶよになってしまったので破いてしまった。

春になったのに淡雪が風に舞い
すうっと空中で消えていた
髪に顔に溶ける淡雪も
すうっと　薄陽に消えて淡雪舞っていた

哀歌　幼馴染と別るる歌

心そぐわぬ春の日の
春の陽ざしに解けゆきぬ
残せしものは唯一つ

桜祭りの行く宵に
独りでつきし吐息のみ
泣くまいと　泣くまいと
春の陽ざしに笑えども

やはりにじみ来　あたたかき

己が涙に　あやされて

帯の飾りの鈴鳴らし
何が悲しと駆けて来る
祭り装いの稚児の如
泣きもして　安らわん

思えば幾年秘めにしか
あまりに長き雪籠り
餌無き鳥についばまれ
春にも咲かぬ梅の花の

咲けば定めし　かんばしく
放たるはずの香をいとおしみ
われ泣きぬ

また、夏は来ぬ

湿度高き北陸の夏は
過ぎし日々を　今更に
沸々と　綿々と煮立てるよ

湿度高き北陸の
夏のひと日の暮れゆきて
沈思の様した　夕陽が裏庭に落ちるころ

ぶどう樹のたたなる葉っぱそよぐ時
葉裏そよがせ招く時
胸に飢え知らざる日々に還らなん

夏の蝶

高校時代文芸部だった。句会や短歌会に出かけたり機関紙の発行などに関わった。活動は部員夫々の自主性に任せられていた。それだから続けられた。

顧問の教諭の中には真宗王国加賀の住職も二人いた。宗教を強要されることは勿論なかった。

他の教諭たちと共にこれ以上望めない程の師弟関係を育ませてもらえた。運動部と異なって、放課後制約されなかったので、教室以外は図書館に入り浸っていた。

そして、日曜日はふらりと顧問の寺へ議論を吹っかけにいった。特別な用事で不在でなければ必ず応対してくださり時間も構わないで話し込んでいると、昼食まで勧められた。

その頃過保護と言う言葉が流行っていたが、私はその過保護そのままにされていた。

お寺に度々出かけると、「おまえは朱に染まれば赤くなるタイプだからお寺の先生の所へはあまり行かない方がいいのだけど」と注意された。

私はその頃自分は過保護にされているとは感じていなかった。けれどやたら禁止が多いとは感じていた。

ただ病弱で生まれ、風邪もひきやすいから心配するのは仕方ないとまだ好意的に考えていた。

「朱に……」云々は、おや？　と思った。

次に行こうとすると、今度ははっきり行かない方がいい、と言われたので、

「私はお説教を聴きに行くのではない」

と応えて出かけた。母はかえって先生が宗教家である事を私に思い当たらせた。

その日私はぶしつけにも、「先生にとって宗教とはなんですか？」と問いかけた。

師は、宗教とは読んで字の如し、宗とする教え。つまり自分が拠って立つ為の考

え、と言おうかな、とおっしゃった。


あれ、私が本を読むのは自分自身を探す為、自分の輪郭を取り、心に詩をみたす術を学び、やがて自分自身の足で陽の下に大地ふみしめて立つためなのに、私よりはるかになんでも知っている先生が、なぜ自分自身で立たないで、心に寄りかかるもの、つまり心の杖をもっていることなのか、と驚いた。

と同時に私は朱に染まる人間ではない、とも覚えた。


高校を卒業してからも、時折、郊外のあぜ道を通って恩師の寺へ、ふらりと出かけていた。

寺では年中行事があり、特に案内を受けてはいなかったけれど、何年もふらりをしていた。

そんな時なんらかの行事に出くわす事があった。寺は来る者は拒まずで師は勿論だれもかれも、快く招じ入れてくれた。

お説教の後は門徒の人々が持ち寄った材料で作られた料理や遠方から来た人々の手土産なども振舞われ、にぎやかな自由論議の場となった。

さすがに甘えてばかりおれないので母が持たせてくれたものや私自身途中で買った和菓子なども引っさげてゆくようになっていた。

師は母校の校長を辞し、本山の道場主になっていたので、日本各地から参加する若い次期住職たちも来ていた。師は高校で倫理社会を担当していたが、やはりこちらの方が生きる場であるらしい。

現在浄土真宗は葬式仏教に堕していると言われているが、師は親鸞を読み説き、浄土真宗こそは覚醒の宗教であり後生の一大事に目覚めこの現世で覚者としての人生を全うすべきである。――とは私が勝手に師の弁舌を我なりに解釈しての論であったが。つまりこの寺ではかんかんがくがくが仏様、亡くなられた方より――よりとは語弊があるが――娑婆にあって今日ただ今の問題についての議論がさかんだった。

もとより檀家の一員でもなく真宗門徒でもなく、元生徒であった私にも専門用語以外はまた専門用語は分からないからといくらでも聞くことは出来たし、先祖を人質にされ、いやでも敬まわなければならない門徒のしがらみ――師はそんなしがらみに尊大になるような方ではなかった。

ただ、素朴に先祖の供養とやがて逝く自分たち家族の末代までも引き受け、供養よろしくと願っているような人々にとっては、やたら難しく、言葉のあげ足をとって、社会問題に引き込もうとしているかのようにうけとられ、巷では、赤の寺と陰口を聞くものたちもいた。

私は赤であろうと何色であろうと、師が痩せ細った体から力を込めた論を吐き、どんな論も喝破されるのは心地よかった。

けれど報恩講で集まってくる善男善女のなかでは師の講和が小さく丸まった老女の背を超え、老女は黙って畳のヘリをか細い指でなぞっている様子を見ると、なぜか痛ましさがこみあげてしまうのだった。

老女の傍らには、たぶん自分で作ったらしい布の手提げ袋がありそこに丸めた割烹着が見えていた。きっとおときの手伝いの為らしかった。

お寺の食事は精進料理といわれているが、それこそ地元の旬の山菜などふんだんに使った味わい深い日本の料理そのものだと思っていた。

詩人石垣りんが、女たちが竈の前でなべの中にどれだけ多くの愛情ある労力を注いだかと記した、そんな女たちが沢山いる事の発見と感謝がこみ上げた。議論には加わらないで、おいしいね、おいしいね、と台所ばかりうろついていた。

もうそろそろ帰ろうかと振り返った時、誰かにぶつかりそうになった。それが忍生だった。その時まだ名前は知らなかった。

「ごめん。帰ろうと思って。先生知らない？」

「先生なら本堂続きの座敷におられる」との事。

「皆さん、今日は大変ご馳走になりありがとうございました」

本堂の方に向かった。なぜかその男も後から付いてくる。師は激論の後で多少疲れ気味、師はあまり説明はしない、求道が足りない、との観がみなぎっていた。

私は帰るための挨拶をした。誰かが、

「おや、もう帰るのか。あんたが来ているとほっとするんだがな」と言ってくれた。

「わ〜、ありがとう。またいつかお邪魔させてもらいます」

立ち上がるとまた忍生だった。先生も立ち上がった。

廊下で出会った時私に、「江原君の知り合いかな?」と言われた。

「江原って?」と言うとまたしても私の後ろを目顔で示された。

振り返るとまたそこにあの男がいた。その男は玄関に出た私を追っかけてきた。

「もう帰られるのですか?」と問う。

帰ろうと帰るまいとなんであんたにいちいち告げんならん、と自分が気づかない時に、人の様子を伺っていたりして、となんか腹立たしい気になっていた。それを充分分かったはずだった。

境内にでた。それでもまだ今度は私の前に立って、かってに自己紹介した。九州大分の山の中にある寺の跡取りで、現在は京都の本山に勤めている。江原忍生と名乗った。師の講和は気に入って、何回か京都からきているが私をみかけたのは今回が初めてだと告げた。

境内のイチョウは雲の無い秋空に黄金色にそびえていた。

「ごめん。私、お寺だから来たんではないので」

と今度はかたぶき出した陽に更に黄金まぶしくなるはずのイチョウ樹を見上げながら、ぶっきらぼうに応えた。

と、忍生は思いがけない事を口走った。

「あなたを見ていると悲しくなります」

「えっ」呆気にとられたのもお構い無しに、

「あなたは仏に最も近く、最も遠い人です」

と、自分の言った事に揺ぎ無い自信を込めて宣言したのである。

「えっ」どころではなかった。同じ星の人間と話している気がしなかった。

大樹からまぶしいまま瞳を忍生に向け、「さよなら」とは言ったはずだった。

またあぜ道をたどって戻った。戻りながら、

「ふん。坊さんだけある仏だって」と腹立たしくつぶやいた。

ただ、あのパターンは少しひっかかるところがあった。

部活の先生に、「お前は素直な強情者だからな」と言われた。その言葉を思い出した。江原、彼にはなんらかの直観力はあるらしい。


二月二十一日、顧問の恩師の一人喜多村先生が急死された。

北陸は立春過ぎから寒さが厳しくなる。通夜は皆一様に声も無く悲しみより驚きの方がおおきかった。先生の子供たちもまだ成人しておられない。

オシアンの詩がよぎる。
定かならぬ月光裡をわが子らは睦み合いつつ
さまよいゆくなり

この様な突然の死に遭うとただただ物悲しく後になろうと先に逝こうと誰もが逝かなければならない命のさだめに優しくありたいと願ってしまう。

十七は　かなしからずや　夏の蝶　　岬

岬は先生の俳号だった。

冬のナルシス

手紙が来た。

見知らない男性だった。石川県の突端輪島から届けられた。

宛名に間違いないので開いてみた。

突然の送付を詫び、新聞で私の記事を見た。それで自分も青春の心の関門を生死の苦しみを耐えた者として手紙を書こうと思った。

と述べ自己紹介が始まった。

彼は三十歳前後で私塾の教師をして、輪島の朝市を少し離れたアパートに一人で暮らしているそうだ。

彼が大学を出てから何年も病院のベッドで天井を見ながら過ごしていたと記してい

た。

病気の事など聞かないで返事はした。

すると書き終えた日時と時間を記した手紙が何通も送られてきた。

仕事以外は近くの喫茶店にコーヒーを飲みに行くか、写真を撮るのが好きだと書かれていた。

私は愛読書について書き送ったりした。


一度会いたいと言うので、会った。

向こうが見つけられるというので金沢の書店で会った。

黒いコートを着て私の前に立って名を告げた。

私は日本人は単一民族なんて思っていない。

ありとあらゆる所から、さまざまなルーツや理由でこの美しい列島にたどり着いた人々から育ったと思っている。彼は北方系だと感じた。

海の写真や自室の写真、自画像的な彼自身の写真など手紙に同封されてきた。

私はサルトルよりアルベルト・カミユが好きだと書いたことがあった。

サルトルの実存主義が流行っていた。哲学が流行るのは不思議な気がしていた。

それでも議論が活発になるのは良いと思っていた。

彼は私の誕生祝いに洒落たカードを贈ってくれた。

そこに、自分もカミユと彼の「太陽の賛歌」が好きだと書かれていた。


波の花吹き散る荒涼の日本海にそそぐ輪島川の入り江から撮られた写真を思い出していた。

「太陽の賛歌」の必然。

と同時に、彼の部屋に飾られた彼自身の写真がよぎった。

彼は憂鬱を感じさせてもなかなかの美丈夫だった。

彼の憂鬱さえ魅力と感じる人が現れるよう願った。


旅立ってゆくもの。野に朽つる者とともに日本語の光芒を留めたい。

他の岸辺

ある夜、棺の中が喜多村先生だけでなく他の先生達とが入れ替わりながら、葬列が続いてゆく夢をみた。

かなり永いこと胸の奥底に封じてきた空ろさ、その悲しみがひたひたと心の岸辺に漣たっていた。


彼岸が近づいたある日、江原忍生から大きな封筒が届いた。中に『萌芽』と書かれた同人誌と手紙がはいっていた。同人誌といっても、彼自身が呼びかけ、ほとんど先頭切って手作りで出している労作であった。

時機にあったタイトルだった。ところが七号で終刊号と書かれていた。

巻頭には内村鑑三の言葉が載せられていた。

曰く、愛する友よ　われわれが死ぬ時には
　われわれが生まれた時より
　世の中を少しなりともよくしてゆこうではないか、と

手紙には、――
師の寺に置いてあった私の第一作を読んだことを短く書いてあり、ほとばしる情熱が感じられるけれど、身体に精神に無理をしすぎていて、流す涙も無駄に終っていると感じられる。自分は情熱をひとつ潜りぬけたところから本物の作品がうまれてくると思うのです。（この意見はどこかで聞いたことがあった）と言い、――情熱は、限界があります。おしまいに自我を落とした立脚地をたまわってほしく願っております。――と結んであった。

彼の感性には共鳴できそうな点はあった。
けれど、情熱があるとか、どうとかではなく、私には、これを書かない限り先と言

うより、生きて行けそうに無いほど切羽詰っていた。それだけであった。
そんな状況を知ってか、知らないか、早々と悟り救われた気になり、あまつさえ他者をも悟らせるとの独断に苛立たされた。彼とは離れていた方が良いと感じられた。伯牙絶弦的友交の萌芽は感じられたが……。

春の嵐だ。
翌朝からいきなりあたたかくなってきた。
風に誘われて、外に出た。頬に風がささやく

春風よ　われを呼び起こししは　なにゆえぞ
媚て語るや　われは　天の雫もて　潤す者と
されどわが凋落の時は迫れり
さすらい人は明日来たるべし　われを捜し
野面をさすろうべし　されどわれを
みいださざるべき
「漂白の魂」の挿入詩　とにかく　春は美しい

波の夢

夢を見た
とても明るい海が広がり、光る海面を眺めていると
大きくふくらんだ波となって、高く寄せ、そのまま足元で
泡立ち広げひいていった
引いてゆく泡立ちにつられ、また海原に眼を上げた
そこはどこの海岸かはわからなかった
沖をみている。その時の自分の風態はわからない
巨きな瞳だけになって、ひたすら沖を見つめさせられていた
すると海面が大きく競り上がりふくれ、そのまま
まなの方に迫り、われて砕けた

泡の飛沫を踏んで男の人が近づいてきた

高校生の時、祖母を亡くしたまなは、無口で部屋に閉じ籠もりがちになっていた。
そのまま家を離れ地方都市の大学に入った。
初めて故郷と親元を離れることの大変さはいつだって
自覚の度合にかかわり無く大変だろうがまた良い事もある。

陰気で何もしたがらないまなに
明るく好奇心いっぱいのあいがそばにやってきた。

まなは孤独癖があるわけではなかった。むしろひとりぼっちでいたくなかった。

あいの提案は受け入れる方がよかった。

あいにとって、どこでも出かけたいけれど、ちょっと一人ではといった時いっしょに来てくれるまなはありがたかった。


その時もそうだった。

あいはバイト先で知り合った留学生と中央公園の南口であって、ランチをする。彼も友達をつれてくるから、一緒に行ってと誘われた。

いつか彼らの国に旅行したなら、案内してもらうんだとはりきっていた。

まなはあいがタイに興味を持っていることも、いつかそこに旅行したいなんてまだ聞いた事が無かった。

それでもあいの悪びれない好奇心はつい、まなを引き込んだ。

四人は公園を散策し大きな書店の地下で軽食をとりながら妙な日本語で談笑した。

あいとコウさんが二人で盛り上がり、まなとピアさんは聞き役と相槌役になっていた。

それでもジェスチャー交じりで日本での失敗談など初体験は四人ともに楽しかった。

秋の始まりから雪を見るまでの三ヶ月ばかり、地図だけの南の国が二人の現実の人として行き交えた事はどんなパンフレットより勝っていた。

そんな日々はあっけなく過ぎて、手元に残った小さなカードだけがささやかな青春の証になっていた。

あいは年末年始は新しいバイトで忙しいと、まなは急に、一人ぽっちに放り出された気になっていた。

あいはバイトも一緒にといってくれたが、まなの両親は講義が終ったらすぐ戻るように言っていた。

あいと一緒にバイトに自分だってゆけそうな気がしていた。

けれどまなはまだ、両親の意に逆らって、下宿に居ることはできなかった。

この週末は故郷にもどらなければならない。


そんなある日、久しぶりに下宿を出て中央通りの書店に向かった。

そこまでの路は、四人で歩いた場所と重なっていた。

足元の舗道にまだらな影を揺らせていたプラタナスの葉は枯れて、まるまり風に転がっていた。

まなは急いで書店の中にはいった。なんともいえない甘酸っぱさがのどに過ぎった。

ふと眼に入った文芸誌を手にとった。

頁をめくっていると、「あれ。ピアさん。なんでピアさんが」

それは有名な作家の写真で、彼の名前を冠した文学賞の案内記事であった。

それまで、まなは世界文学書は手当たり次第に読みまくり、次第にドイツ文学から哲学に入り込んでいたが日本文学はほとんど読んでいなかった。

それは着物を着た男であった
が、それは疑いようのない私
十九歳の乙女と書くには多々バツの悪さがあった
「私」と言う限りにおいて私自身しか証明出来ない事なのに、その私自身が確かに
「私」と認めた化身であった
いやその男は過去の存在であったから、現在の「私」が化身であると言えるのだろ
うか？

さらばクヌルプ

北国の十一月。雪にならない雨がちな日々は、頬にかかる時更に冷たく沁みた。治代は定期券をかざし、いつもの各駅電車に急ぐ。傘やコートから滴った水気がスチームや人いきれで車内をくぐもらせていた。

ほとんど近在からの学生や通勤の人々が乗り合わせていた。同じような目的を持った人々は雰囲気まで似通うらしかった。そして朝とは異なって、新聞や参考書などを広げることはほとんどなく、一日もほぼ終わり、家に帰って夕食をとるだけとの疲れと安堵に、まどろみ始める人々もいた。

電車の振動もその音もかなりきついけれど、電車がガッタンとしゃっくりするようにして止まると無口なまま、一人、二人と降りていった。春までデッキのドアは乗客自身が開けることになっていた。だれかが降りると車内のよどんだ空気は外の冷気に一掃されるのでした。

「ここ、空いていますか」

治代は窓の外を見ていて、自分に尋ねられたと思わなかった。気配で振り向くと長身を折りたたむようにしてその男はもう一度言った。

「ここ、空いていますね」

治代はうなずいた。男はニコッと目礼して、治代の前に腰掛けた。

治代は停車時間があっても急ぐのは、いつも進行方向の窓側に座りたいから。そしてぼんやり外を眺めているのが好きだった。

また窓のほうに向き直ろうとする治代の目に、その男のかすかな笑みが残った。その笑みに治代は少し不快になった。

電車はせっせと乗客をゆすりながら走っていた。

薄墨色の空の下には時雨に染められた田畑のベージュ色の広がり、点在する茶色の人家、時折男の視線にさえぎられる気がして、治代は先ほどと同じようには外をながめていられない気がしていた。

「どちらまで」男は聞いた。

「N市」

治代の応えには、どこだっていいでしょ、との明らかな語調があった。男はひどく悪びれたように、力なく、「そう」と頷いた。治代が話しかけられるのを拒んでいると充分察した響きがあった。と同時に、自分の質問を恥じてもいる様な……。

治代は、「あなたは、どちらまで」と返礼した。

「F市まで」と男は静かに答えた。

うわー寒そう。向き直って、男を見た治代の第一印象だった。

薄いコートを着て、薄いというより、中身が余り入っていないためへ込んで見えた。手提げバッグの持ち手に腕を通し両手をコートのポケットに突っ込んだまま、膝が治代の方にぶつからないようにするためか、少し斜めに掛けていた。厚手のコートなど不要なところから来た観光客には見かけるコートであった。けれど、寒ささえ珍しがってはしゃぐ観光客が利用する電車ではなかった。

霜月の垂れ込めた空の下で押し黙った田舎の駅を二つ、三つと過ぎても車内は一向に暖まらない。その男は、コートの襟を立てたままでいた。

電車はかなり音高く揺れながら走り、窓ガラスは時折激しく霰混じりの雨に打ち付けられ、内側に付いた水滴がしたたる涙のように、幾筋も振りこぼしていた。

「いつもこんな風なんですか？」

と男はつぶやくように尋ねた。応えられなくてもいいように……。

「そうですね。だいたいこんなふうです。雪になってしまった方が、いいみたいです」

と、治代は応えた。

「十一月は雨、あられ、みぞれと一日の内でも天候は目まぐるしく変わり、雪なら払えるけれど、氷雨やみぞれは重く冷たく濡らしてゆく…、頬にまで降りかかると、訳もなく叱られている気がします」

と言って治代はおしゃべりしすぎたと窓に眼をやり、「あれ、止んだかな」と、涙の筋を指でこすって外を見た。

気まぐれな空の雲の切れ間から、残照をかすかに留めた空がのぞいた。

「明日晴れるかな」男はつぶやいた。

治代はもうそろそろ降りようと、バッグを腕に持ち直した。

「明日、空いていますか？」

男は急いで、立ち上がりかけた治代に尋ねた。

「え？」

「明日、N市に来ます」

「お仕事？」

「いえ、明日は休みなのでお茶でもご一緒できたならと……」

「わざわざ？」

明日は休日だった。毎日電車通学なので日曜日はほとんど家に居る事が多かった。

男は治代が通り易いように折りたたんだ脚を座席に沿わせながら、

「明日十時頃に着く電車で来て駅にいます」

と男は早口で、降り口へと通り抜けざまの治代に言った。

かなりの人々が降りる。皆と同じ速度で降りなければならない。そのまま降りていった。


翌朝目覚めた治代は〈あの寒そうな男〉を思った。そして、小さな声だったけれど本当に来ると決めた響きがあったと感じた。治代は約束してはいない。見知らない行きずりの人などと軽々しくつきあうわけが無い、とも思った。約束など出来るはずはなかったのだ。それでいいのだとも思った。けれどF市からわざわざ一時間近くかけて戻るなんて、とも……。窓の外は時雨てはいなかった。

普通列車は一時間に一本だった。治代は時間いっぱいあれこれ考えたが、出かけてみることにした。

駅に近づくと列車がホームに入ってくるところだった。

治代は、来るわけがない、踵を返してもどろうかと思った。と、同時に駅舎の入り口に入っていった。来なかったら私がやって来たことをその〈寒そうな男〉に知られる事はないのだからと思えたから。

狭い駅舎は出札口がすぐみえる。

「あ、本当に来た」

その男もすぐ気づいたらしく真っ直ぐ、長身なのに細かい早足で治代の前に立った。

「おはようございます。来てくれてありがとう」

ニコッと笑顔を見せた。一瞬のかすかな笑顔。

今更、クルリと回って家にもどれない。

「どこかにお茶を飲めるところはありませんか」

男は昨日と同じく寒そうだった。近くの喫茶店なら図書館の傍らにあった。

「駅の近くだとそこくらいかな」

うなずいたので、その喫茶店に行った。

メニューを取り治代に尋ねた。治代はお決まりのレモンティーというと、「ケーキはお好きでは?」と、「まあ」と、治代。

男は自分のジンジャーエールも揃うと自己紹介をした。

小林朋雄と名乗った。名古屋の工具会社の営業担当で北陸に来た、今後また来る事もあると思う、などと話し出した。

治代は社会人と話しをしたことはほとんどなかった。

父が機械メーカーに勤めていたが勤務の内容は知らなかった。工具は金属関係の仕事だとは思ったけれど、話題のつながりが判らなかった。

次の列車まで一時間あった。しかたなく父も機械関係のK社だと言うと、立派な良い会社だと言った。また途切れる。

「あなたのご家族は?」

彼は父子家庭だったが、父と仲良くくらしていた。煙のあるところ親父ありでガンで亡くなって今は一人暮らしだと言った。

「えっ! いいな」

言って、あわてて、「ごめんなさい」と謝った。

小林さんは治代の言葉も謝罪にも戸惑ったようだった。治代にとって親類縁者の濃厚な人間関係や狭い近隣関係も合わさって、息苦しさを感じる事しばしばだったから。

次の列車が来るはずだった。

「昼食も、」と言われたけれど、「ちょっとでかけてくるからといってきたので」と駅前で別れた。

名前と自宅の電話番号をつい教えた。

子供の幸せは親が考えている。〈親の意見と茄子の花は千に一つもアダが無い〉とかで、自分程愛情深い親はいないと思っているようだった。

高校時代一緒に通学した友人たちは高校時代はともかく卒業と共に悩んでいた。一人前になったのはだれのおかげか、その感謝を表すのは、親の意見に素直に従う以外にあろうか、との圧力が強くなるからだった。

つまり母親たちは良い嫁ぎ先に娘たちをカタズケル、との暗黙の競争をしていた。結婚問題が始まっていた。

母親達は世間ではどなたが見ておられるかもしれないからと身だしなみや化粧まで口うるさくなった、と友人達もこぼしていた。

治代も例外でなかった。卒業したら善い嫁入り先が見つかれば早い方がいいと、公然と母は言っていた。

高校の時、たまたま電車通学の友達と連れだって話が弾みいつもの角で曲がらなかったので逆方向から帰宅した。すると近所のおばさんに、今日はなんかあったのかと問われた。

母にも今日はおそかったね、と言われた。

説明と原口さんにも聞かれたと言うと、若い娘の動向は気になるからね、また気にしてもらえるのはありがたいのだからきちんと挨拶しておきなさいよと、

「勉強、勉強の次は結婚、結婚じゃ、青春はいつあるの」と治代も感じていた。

叔母さん達はまるで目に見えないパラゾール。

呉服屋の一人娘の和ちゃんは好きな人がいた。家を出て表日本の県に行こうと告白した。勿論猛反対されたと治代の家に泣きながらやって来た。

和ちゃんの両親は、自分たちを見捨ててゆくなら玄関の梁に縄をかけて首を吊るからその下をくぐってゆけばいい、と言ったと大泣きした。見捨てる見捨てないの問題でないのにと泣きじゃくっていた。

見捨てるなんてことじゃないとなだめながら、登校時に、和ちゃんと呼びかけると、和ちゃんの両親が満面の笑顔で、「治ちゃんやよ〜」と呼びながら、「待たせて悪いね」なんて言ってニコニコするおばさんが、そんな事言うなんて信じられなかった。

高校卒業と同時に和ちゃんは県外の短大に行き疎遠になるのだが、お互い卒業間近になり、たまたまやってきての告白で驚かされた。

治代にとっては結婚についてはまだまだ実感はなかった。

その後店の前を通った時、和ちゃんは、行ってしまってもういないとおばさんは嘆いたけれど、おじさんと番頭さんでお店をしていた。

「治ちゃんにも何も言わないで行ってしまうなんてね」と通学の時待たせた時と同じように謝ってくれたのでどこかほっとした。

治代は二階の自室に上がろうとしていた時、玄関の収納棚の電話が鳴った。忘れかけていた小林さんだった。たまたまだれも近くにいなかった。

またN市に行ってもいいですか？　と問うた。

私がF市に用事がありますのでゆきます、と短く答えた。

奥の台所にいた母にF市の本屋に行ってきてもいいか、と尋ねた。

「わざわざF市に行かなくても」と言われたが、「学校の帰りだとバスが遅れると電車に乗り遅れてしまうから」と言うと了承してくれた。

F市の方が駅前になんでも揃っていて便利だった。そして気楽だった。電車に乗ってF市に向かいながら、電話に母が出ていたらやめていたと思ったりしながら。

本屋に着くと小林さんは来ていた。

友達のことなど話した。黙って聞いてくれたがあまり反応しなかった。

和ちゃんは千葉にいると先日手紙が届いていた。私にとって千葉は外国より遠く感じられた。

桜並木が続く大きな川の土手を散歩した。冬はすぎ、春も花びら流し初夏に近づいていていた。

治代も見合い話が度々あると迫られていた。治代は何もなくても二人で知らない町で仲良く暮らしている和ちゃんを想像してみた。電車に乗って知らない町にゆき夕暮れと共にかえってゆく場所におおらかな笑顔で待っていてくれる人がいてほしいなとおもった。

「あら、治代ちゃん、かいもの？」「はい」

近所のおばさんだった。小林さんの方は見たが何も言わなかった。治代が立ち止まると小林さんも立ち止まり目礼した。そしてまた、歩き出した。治代はいつかだれかに会うとは思っていた。おばさんは直接は聞かない。母に一緒にいた人はどなた？　と聞くはずだった。

「小林さんはどんなところにすんでいるのですか？」と問うと、

「マージャン荘の二階です」

「マージャンってあのひどい雨降りゲームの事、なさるんですか？」

笑いながら、「私はしません。その二階をかりているだけです」

「でもうるさくないのですか？」

「名古屋の街中はどこだってしずかではないですよ」

まるでこどもに言うような口調ではないかと。

治代の通学路にあるちいさな商店街、手芸店、靴屋、茶碗屋、和菓子屋さんなどならび、はずれの額縁や掛け軸屋さんの裏手は高い板塀のある細い通路になっていた。ところが数年前から間口も奥行きも狭そうな三店舗になった。スナックとマージャン荘だった。

母は、風紀の悪いものばかり、近づかないようにと。言われるまでもなく通らなくて良かったが、下校が遅れた時一番手前の店から雨降りの音が聞こえていた。タバコは吸わない。うるさいマージャン荘の上に住んでいるが、カンツォーネが好きでコンサートがあれば行くと言っていた。

「今度いっしょに聞きにつれて行ってくださいね」と言って別れた。

次に会いに行こうとしたとき靴がどうしても見当たらなかった。時間が無い。母は知らないと言った。捜せるところは皆捜した。時間が無くなる。なんで私の邪魔をするのと叫んだ。

母は指さした。洗濯機？　なんで？　母は洗濯機を指さした。

母の眼がうるんでいた。

水は無かった。そこに治代は自分の靴をみた。

母は縄の下をくぐってゆけとは言わなかった。それでも母は指さした。

出かけられないと思った。小林さんはK市の帰りこの町にきていて、シラサギ号に乗ることにしていた。電話が鳴っていた。

「ごめんなさい。ゆけません」

「そう」つぶやき、切れた。

「行かないから」

言って二階にかけあがった。駆けあがりながら、「そう」ではないでしょう。

何か聞くなり、何か……と。

ラ、クンパルシータに寄せて

甘美なる華麗なる調べよ
されどその底に悲しみの
脈打てるを
感ずるは君のみにあらず

君はわが恋人なれ
この甘美な調べと和する
さわやかなる悲哀は君に
添いしものなれど

実生活の灰汁の微塵もあらざれば
地上にしたしかるべき人々と

共にす憩いの場もあらざらん
君は己が涙に酔いつつ

生きてあれば
君はわが恋人なれ　君よ

心おきなく君　横顔に
涙幾筋も光らせよ
われもこの調べにふるえ
君と共に酔うべく　きみが涙
わが熱きくちづけもて幾たびも
幾たびもぬぐいてぞあらん

いつの日にか生の短夜もすぎて
遥かな旅をともにせば

君が悲哀わが虚しさに
限り与えらるることありや

華麗なる甘美なる調べよ

幻の南国

許してよ
君は優しい恋人なれば
君がためにもかの人を
忘れぬべき　忘れんと
　己が心を苛めど
夢にも入りしかの人を
　忘れる術のあらざらん

許してよ
　せめてあかさばわが罪の
　いくばかりなりとも
軽からんとて言い出すにあらねども
わがかの人への執着は
　北国人の胸底に常に眠れる憧れよ
風雪の猛りも聞かず　明らけく輝く日輪
　その下にしあれば
今もなお　仏の慈愛あまねきて
疑心猜疑の惑い無く　かわす笑みにうちとけて
生き終え　親しき人々見送りの
船出しませばいつの日か　また還り来

国と聞きしなば　行かまほし
我もまた　行き交う人毎に手をあわせ
素足のままで　歩ままし

さらば　北国人もいにしえに持ちえし
笑みの還るべしやと

南国よ　氷雪に閉ざされることなき大地よ
煌く寺院よ
水の都の朱の欄干よ

遠野物語から

真理は卒業後、在学中からアルバイトをしていた日本語学校での仕事を増やし、まだ郷里には戻らないでいた。就職活動をしなかったわけではなかった。気に入ったところは無かった。気に入った所からは不採用の通知しか来なかった。郷里ではもともとひとり娘の真理を都会の大学に出す気は無かった。必ず戻ってくるからとの約束で出してもらった。真理は自分はちっとも変わっていないことへの嫌悪感と父との約束をずるずる延ばしている事を悩んでいた。

仕事と言えば市役所の職員、学校の先生、病院の看護師や保母さん、などだった。人口も減っているのでそれらの仕事も減ってきているらしい。

このまま県外に出ないで家にいて一生過ごすなんていやだ。必ず戻ってくるから都会の大学にゆかせて、と父に懇願して出てきた真理だった。

父は待っているだろうなあ。

母は早く亡くなり、畳職人の父に育てられてきた。腕の良い父に仕事が多かった時代は過ぎ、スタイロ畳とか言って、イ草の香りなど無い、軽くて裏もビニールを張った陽に焼けない畳もどきが重宝されてきていた。

今に真理にいい婿さんがきてくれたら、仕事を辞め、山歩きや山菜摘みなどしてくらしてゆけたらいい、などと呟いた父。父のことを思うと真理は悲しく後ろめたい気持ちになるのだった。

けれど父の姉は真理にいつも、あんたは養子取りだからなるべく早く婿さんを決めなければならない、都会の大学にやるなんて、あんたの父親の甘いにも程があると、会う度にいわれていたので、戻ったならレールはひかれているんだと想わされた。

掛け持ちのバイトの一つに地元紙の東京支社で留守番兼電話番をしていた。支社長とカメラマンを兼ねた局員の二人だけだった。

世間知に長けた叔母が県会議員に頼みこんで得たバイトロだった。勉強でもなんでもしておれるバイト先だけれど、こちらに戻った時役立つようにと思っての場所だからね、と叔母に言われていた。

支社長は県人会など人付き合いにいそがしかった。カメラマン兼社員は写真の現像や記事も書き、締め切りに合わせて本社にFAXで送っていた。そんな様子は、新聞社と言うあわただしさからかけ離れて感じられた。支社長は隣の喫茶兼スナックで昼はお茶、夜はお酒で客をもてなしていた。

真理は二人が留守の時の応対のメモするくらいだった。それでも支社長は社員と真理にも気遣いをみせてくれた。

あるときなどは着物を着て、花見に行こうとはしゃいでいた。本社から新入社員が東京支社の見学に来ていたので、彼ら二人を加えて出かけようとしていた。

「花は咲いたか、桜はまだかいな」と、袖口を持って袖を振って見せた。

真理にとって上役である支社長がはしゃぐなんてと最初はいぶかったけれど尊敬の対象でなければよいといつしかおもいなしていた。

そんな支社長のはしゃぎが最高潮になり、新聞社のあわただしさに揉まれそうな時と言えば選挙が始まる時だった。真理まで、二時間延長して電話番をすることがあった。

ハイテンションで戻った支社長は、「ご苦労さん。戻っていいよ。ありがとう」と言うと着替えの為の別室にはいってゆかれた。真理は渡しそびれた連絡メモを手に待っていると、ハイテンションのまま、「甲斐の山々〜陽に映えて〜」と出てきて、「あれ！」と同時に「これ」と差し出されたメモ用紙に「ごめん、ごめん」

真理はついに叫んだ。

「二回おっしゃらないでください。それに新聞社は公平なのでしょう。自民党の応援歌なんか歌って！」

「なななな〜んと言う事を」

怒りなどみじんもなかった。ただなさけない事をいわんでくれ、との表情だった。この歌終いまで聞いた事あるかな？　武田武士とは出てくるがタイトルとも知らなかった。

支社長は急いでいるようだった。反省の必要があるようだと。真理は、「ごめんなさい」と支社を出た。

途中の書店の地下コーナでＣＤを買った。今まで買ったことのないジャンルのものだ。男が出陣に際しての決意や妻子への配慮を歌い上げていた。単身赴任の坂本啓一郎支社長にとって自分自身への応援歌でもあったようだった。男らしさはいかめしさばかりではないらしい。そして文芸の必要性もあって即興で詩や俳句もたしなんでいた。

ある日書店で坂本支社長らしき人を見つけた。岩波の文庫本のコーナーだった。棚に戻そうかどうか迷っているような…、まさかと思われたので、

「どうなさっておられるのですか？」と声をかけた。

「お、真理ちゃん。これ買おうか、やめようか、迷っているところだよ」

「なぜ？」

文庫本が買えないなんて思えなかったから。

「なぜ、かって？　ええ〜っつ、呑んだと思うとするか」

と言ってレジに向かった。真理は驚いた。呑むのはそんなにも惜しくないのかと。いったいなんの本かな？

井伏鱒二の『黒い雨』だった。話題の書だった。

真理の父はお酒は全く呑まなかった。酒好きの人の習性はどんなんだろうかとも思った。

真理は坂本支社長に興味が湧いてきた。それ以来バイト中の暇に勉強する対象は支社長、彼のスキを見て真理からも話かけることにした。

「おい、おい、どんな風の吹き回しかな」

なんて言いながらも、質問には応えてくれた。

「支社長さんは新聞社がお好きで入られたのですか」と問うた。

よくぞ聞いてくれたとばかりに話し出した。

大学を出て田舎へ戻ったら、仕事の選択肢がなかった。漁師や役人、警察官など親父さんは社会勉強にもなると地元紙の記者にと勧めた。

「解かるか？　記者は新米の記者はな、いいか、でかけるのはうれしさ、悲しさなんでも最中の場にいち速く行き、それどころでない場で話をもらってこんならん。最初は何度も手ぶらで社に戻って辞めてしまえとどなられもした。子供を亡くして、泣き叫んでいる母親にどんな態で声なんぞかけられるか。今もって、行きたくないよ」

真理は支社長のはしゃぎの裏には、ふつうより繊細な感性があるのではと考えられた。

それ以来書籍も勧められると読んで見る気になって来た。むつかしい本ばかりだと胃がいたくならないかと山本周五郎の短編集や井伏鱒二の弟子の太宰治集だったりを勧めてくれた。

真理の両親は文学好きだった。父は離れの戸袋の中に大事なものをしまっていた。一度だけ、何か探し物をしていた父から、ほら、これと見せられたのは、大きな見出しで載せられていた芥川龍之介の自殺記事だった。教科書で「羅生門」は読んでいたがそれほど、興味がなかった。母は太宰治をオサムとは呼ばないでダザイハルと言い、誰にでも、入水心中に誘った不埒男だと言っていた。

教科書で「走れメロス」を読んだきりだった。羅生門より印象に残ったけれどわざとらしいと思った。それっきり両親とは文学談義はしなかった。

書籍は他から勧められて読んだことはなかったと気づいた。太宰治集を手にした。いつか本社から、入社したての社員が数人やってきたとき真理も含めて花見に誘って呉れた宵を思い出した。梅は咲いたか桜はまだかいな、とはしゃいだ支社長。

その時即興でつくった支社長の一句。

太宰なく　芥川なく　春爛漫
春宵一刻一刻が桜のうす紅が紫にとなじんでゆく頃、我だけ和服の袖をひらつかせて歌うようにつぶやいた。

真理は母が張ったバリアを越えて、不埒男の世界にはいりこんでいった。それが、日本文学に誘導され、はまり込み、あまつさえ、かつて何人もの女たちを入水心中にいざなったという不埒男に、引きつけられるなんて。しかも、

――神よ、情けあらば、わたくしと心中しなおすために、もう一度、彼を蘇らせてくださいませと、冥界の神にひれ伏し、それが叶えば、入水の際に結びあった紐は血も拍動も行き通い水底より共に浮き上がった時、互いの面にはひとしい笑みが漂っているでしょう。――

と祈りまくった。

折しも太宰治はダザイズムと世間で人気があった。奥野健男の評論を読んだ。こんなにも彼の作品を読み込み、入水心中をダザイの身をもっての創作と解した同性の心酔者がいた事を知った。

六月十九日遺体が上がった時太宰の表情は安らかだったけれど、紅の紐でむすばれた相手の表情は異なっていたそうだ。

桜桃忌

狂おしき水無月果つる文月に
ときめきつつかがやきて

衣を変えて舟遊び
波の静かな水面に曳くは
甘いと息の揺曳に

さらに夢見てまどろめど
風の季節の兆しに覚めて

いつしか波のたち初めし
秘めたる湖の水面を逃れ
手取り交わして行かんとすれど
芳し実りにゆきあえで

あまたの涙の氷雨にくれて
散り初む言の葉枯れ落ち葉
散りぬることを運命と観つつ

氷雨、寂寥、悲嘆に結す
真白き雪の今わの舞に　ふりしく
ふりしく　ふりしかれ　行方もしらぬ雪原に
何求めるさまよいぞ

生うるを許さぬ雪原の

白きに籠める暗濤の端を
めくりて晴れ晴れの陽を
望まんとて空をきる
かいない恋に痴れしとや

二つの胸の重なりて一つの願いに昇りなば
再た還り来るらんその日こそ
逢い逢う時をあやまてる
二人の嘆きとけゆかん

解ける氷雪清らけく
透ける帳に靄なびかせて
幸わう弥生の息吹のうちに
萌えいでんもの二人して

支社長の奥さんがやってきた。夫と共に知人の結婚式に出る為とのこと。

「いつも主人がお世話になってありがとうございます」

真理は急いで、「お世話頂いているのは私の方です」と頭を下げた。

「電話がある時はいつもあなたの話題が出るのですよ」

と笑顔の似合う丸いふっくら顔の奥さんだった。

翌日帰りがけ出社してきた支社長は、家内から真理さんにと言付かったとバラの花束を渡された。新聞社が主催している文化センターの講座で習っているのだと嬉し気に説明された。真理は困惑した。ここで飾ったらと言い終わらないうちに、

「遠慮はいらないよ。君の部屋に飾ったらよいよ」とご機嫌顔だった。

部屋に戻って棚に置くと、真理はなんとなくテレビを付けた。


日頃見慣れない緑の風景がひろがっていた。柳田国男遠野物語からとか。ぼんやり眺めていると、やがて風雪舞う極寒の東北に移っていった。

独りの男が馬に引かせたソリの上に大きな樽を積み現われた。この池で、在所の人から娘を見かけたと聞いた。娘はまだ見つかっていなかった。樽の中は煮立ったお湯だった。娘の父親は樽のお湯を何杯も何杯も、凍りそうな池に注いでいた。

「お父さん」

つぶやく口元にあふれ止まない涙が温かく、塩辛かった。真理は故郷に帰ろうと決心した。

終章　――早春

なぜにうちふるうこの胸
あふるる思い涸れはてて久しきに
なぜにまたこの胸のうちふるるる
感ずるさえ畏れ湧きおこれば
言葉もてかたちとなすも
　　こころなし

ただ、ひとみみつめあい
　　頬くれないに染みし時
この胸の思いこそはとこしえに涸るることなく

広々の海へと注ぐ快活なる渓流と
　この身をみなし夢みたりしころへと
まなこあげ
春の訪いうけいるるなり

ああ、地上はまた春へと巡り
人ひとしく陽のふりそそぎ

雪どけの流れいく条も
いく条も足元を洗いゆく時
幼女期の香りただよわせ

ふきのとう、つくし、よもぎの芽吹く時
　涙し流る
叶うなら　叶うなら
無心なる春陽のゆらめきにゆられ

帰らまし
　幼きときめきに映ゆる自然へ

補遺と後書きに代えて

挿入詩も含め永年仕舞い込んでいた原稿を編んだものです。

十代の終わりから二十代に書きました。

母親と息子の強依存をマザコンと言いましたが、私は娘だったのにそのマザコンだったようです。現代の心理学では、細かく広く分類され異なった説明もされそうですが、影響力は薄まらないでしょう。

なぜなら母から脱皮したとの行動は母への反抗にすぎなかったのです。亡き母に近づいた今、もはや見果てぬ恋など遂げようもないからです。

心身燃やし愛し愛され生きて若者たちよ

二〇二〇年　春分

亡き父母を追慕して
『なぜ私の足は勝手に動き出したのか』の姉妹編

著者記す

《筆者プロフィール》

渡利 睦子（わたり むつこ）

福井県との県境石川県の小さな城下町大聖寺に、1946年11月7日、父渡利八郎右ヱ門、母美知子の長女として生まれる。

私塾を開いていた。

友達呼んで一緒に食事をするのが趣味。

孤悲故に恋う —— 忘れられた調べで

2020年4月25日　第1版第1刷発行

著　者　渡利睦子

発行者　小川　剛

発行所　杉並けやき出版

〒166-0012 東京都杉並区和田3-10-3

TEL　03-3384-9648

振替　東京 00100-9-79150

http;//www.s-keyaki.com

発売元　星雲社（共同出版社・流通責任出版社）

〒112-0005 東京都文京区水道1-3-30

TEL　03-3868-3275

印刷／製本　(有) ユニプロフォート

ISBN978-4-434-27392-6 C0095